스스로 선 것들은 푸르다

스스로 선 것들은 푸르다

이규동

시집

삶창

시인의 말

흙에 쪼그려 앉아
흙과
흙에 뿌리내린 생명이 들려주는 이야기를
받아쓰기하듯 적다.

차례

1
부

흙밥

마당가에 꼬들꼬들 말라가는 고사리를 봐
젊었을 적부터 저것 꺾어 팔아
오남매를 키웠잖여
흙이 내어 준 것이여
쩌— 아래 다랭이논에 시퍼런 벼 보이지?
나는 모를 낸 것밖에 없는디
흙이 저렇게 키웠잖여
애호박도 가지도 고추도……
근디 나는,
흙에게 줄 것이 읍써
가진 건 몸뚱아리밖에 없으니
이거라도 줘야제
늙고 꼬부라져 맛이나 있을랑가 모르겄네
나중에
숨넘어가면
흙밥이나 되야제

품다

밤낮으로 상추와 붙어산 순옥이는
무릎에 철심이 박혔고
삼십 년째 순옥이만 따라다닌 만복이는
허리에 철심이 박혔다

구부려야 내어주는 흙바닥
아득한 상춧잎 바라보며
순옥이는 무릎이 꾸부정
만복이는 허리가 꾸부정
꾸부정한 몸을 서로 품었다

상추잠

밤새
쪼그려 앉은 시간이
차곡차곡 쌓여
해를 중천에 밀어올렸다

끊어질 것 같던
무릎과
허리와
손가락
불 꺼진 상추 하우스를 베고 누워
한 박스 삼만 원만 가면 좋겠다
수다 떨며
스르르 잠드는
긴 여름
짧은 한낮

크고 넓은 그림자

새벽에는 고추밭에서
아침밥 먹고는 콩밭에서
저녁나절에는 깨밭에서

상체를 하체에 딱 접어 붙이고
스스로를 낮추던 정남 아주머니

딸보다 어린 나에게도
선상님 오시냐며
막 켜진 가로등 아래
상체를 하체에 딱 접어 붙이는데
그 그림자 속으로 티도 안 나게
시골 선생 하나
쏘옥 빨려들어간다

손

새벽부터 쪼그려 앉아 상추 딴 만호 형은
엄지와 검지 끝마디 새까맣고
목에 수건 하나 두르고 허리 숙여 논 맨 대중이 형은
갈라진 손끝마다 흙심줄 박혔고
하루 종일 마늘밭에 붙어 있던 재운이 형은
장도리 닮은 손가락 끝이 황톳빛이고

만호 형 손 닿은 잔에서는
상추 냄새가
대중이 형 손 닿은 잔에서는
논흙 냄새가
재운이 형 손 닿은 잔에서는
마늘 냄새가

흙 묻은 손이 따라 준 소주 석 잔에
기분 좋게 취한 저녁 까딱까딱
서산으로 넘어가고
내 손도 저런 손이 되어야 쓰겄다

꿀꺽꿀꺽 마음 삼키고

정남 아주머니

정남 아주머니는 300평
나는 30평
아래 위 감자밭에 쪼그려 앉았네

호미질 귀신 같은 정남 아주머니도 하루
감자보다 풀이 많은 나도 하루

정남 아주머니는 실한 감자만 골라
마당 한가득
나는 잔챙이까지 털어
겨우 세 상자

정남 아주머니 실한 감자는
장사꾼에게 넘어가고
뒤죽박죽 내 감자는
창고로 들어가고

정남 아주머니는 돈 몇 푼 받고

도시 사람들까지 먹여 살리는데
나는
나 먹고 살기 바쁘네

사람의 소리

불빛 환한 상추 하우스에
까르르 까르르

서쪽 바다를 건너온 젊은이들
떠들며 웃는 소리

우리 집 불빛만 봐도 적적하지 않다는
정남 아주머니 까무룩 잠길에도
반가운 손님처럼 찾아왔겠네

흙꽃

지난 가을
다 익은 나락 세워두고
갑작스레 세상 떠난
윤정 아빠가 걷던 길
봄비 내리는 저녁
수건 눌러 쓴 윤정 엄마가
자박자박 걸어간다

우산도 장화도 없이
휘어진 길 돌아
감자밭으로

구부러진 허리 곧추세우며
푸른 밭 속으로 걸어간 발자국마다
꽃이 핀다
흙빛으로
핀다

흙의 시간

찌글찌글한 씨감자
흙에 묻으면
보름도 되지 않아
탱글탱글
새순 움트는데

만날 흙에 묻혀 사는
성순이 형수도
정남 아주머니도
자꾸만
자꾸만 굽어지네

고수

빨강과 초록을 구분할 수 없는 농부
빨간 고추 초록 고추 뒤죽박죽인 고추밭에
쪼그려 앉았네

허리 끊어지겠다는 듯 대가리 쳐든
경운기 짐칸엔
빠알간 고추들만 우글우글하고

분달이네

모를 낼 때마다 하나씩
이가 빠졌다

야문 웃음에 숭숭 구멍 나고
밥알 구멍에서 헛돌아도
세상으로 당당하게 낸
열 마지기 초록 구멍에
온갖 생을 품고
구멍난 웃음 환하게 건네는
분달이네

손 흔들며 논으로 달려가는
분달이네 자전거에
햇살도 바람도
길을 튼다

꾹꾹

땅 파먹고 사는 농부
상토 가지런한 모종판에
꾹꾹

큰아들 핸드폰을 심고
작은아들 새신발을 심고
아내가 좋아하는 맥주를 심고
막걸리 한사발에 삼겹살을 심고
128구 모종판 마지막 구멍에는 끝내
농협 빚 가릴 목돈까지 심어 보는데

또 속는 줄 알면서도
꾹꾹
뜬구름 같은 하우스에 쪼그려 앉아
삐죽 내밀 초록 싹 생각에
빙그르 웃으며
꾹꾹

어머니의 텃밭

팔순 어머니는
흙을
어떻게 퍼 왔을까

4층 건물 옥상
줄 맞춘 스티로폼 박스에
곱게 자란

고추 열 개
가지 두 개
호박 두 개

도시의 뙤약볕에서
초록빛 가지런하다

능소화

―순옥이

한 줌 흙 붙잡고 핀 얼굴
고울 때 있었지

진통제처럼 들이킨 소주병
상추밭에 쌓이고
하루가 다르게 시들더니
자비 없는 여름 가운데
뚜욱 떨어져 뒹구네

가누지 못한 삶
무심한 발길에 밟힐까
담장 아래 조심스레 옮겨놓은
주홍빛 꽃송이

2
부

밥상

내 손으로 심고

내 손으로 거둬

내 손으로 버무려 낸

밥 한 공기

국 한 그릇

나물 세 접시

평두둑

좁은 두둑
넓은 두둑
이런저런 두둑 중에
평두둑이 좋다
한나절 흙 뒤집어
평평하게 만들고 보면
마음이 평평해진다

스스로 선 것들은 푸르다

땅에 사는 것들은

뿌리를 내린다

뿌리가 얕으면

줄기가 낮고

뿌리가 깊으면

줄기도 높다

뿌리가 가늘고 부드러우면

바닥을 긴다

낮아도 푸르고

높아도 푸르며

휘어져도 푸르고

기어도 푸르다

땅에 사는 것들은

스스로 선 것들이다

나물값은 되게

물장화 신고
팔 걷고
줄 띄우고
흙 퍼올려
평평하게
평평하게

볍씨 눈뜰 자리
허리 숙여 다듬는다

골고루 물이 가게
목마른 씨앗 없게

나의 노동이
아침 밥상 위 여린
홑나물값은 되게

부러진 쇠갈퀴 자루를 다듬었다

십 년 넘게 밭 고르던
반질반질한 쇠갈퀴
목이 부러졌다

새 자루를 만들까
짧아진 자루 물끄러미 보다
부러진 자리 다듬어
다시 끼운다

짧아진 한 뼘 길이만큼
나도 작아졌으니

허공으로 몸 세우던 날을 돌아
흙을 향해
한 뼘 더 자랐으니

약속

한여름 대문간에 매달려
흙으로 갈 날 기다리던
마늘을 잘랐네

하얀 마늘쪽 가운데
진한 초록 싹
푸른 들 만들겠다는
심지 굳네

저 생을 잘라
내 생을 이으며
삶 속에 너의 빛을 잃지 않겠다
약속했네

움트다

지난 가을
옆집 소 먹이로 간 지푸라기
똥거름으로 돌아왔다

겨우내 우울처럼 앓던 몸
삽질 한 시간에 가볍다

바람에 봄이 들고
거름 냄새 맡은 흙으로
생(生)이 움튼다

입춘(立春)

청딱따구리도

멧비둘기도

매화나무도

밭 가에서

달뜬다

땅도

스르르

몸 연다

씨앗 한 줌 쥐고

봄으로 들 때다

봄으로 들 때다

자루를 만들며

죽은 노간주나무 하나 잘라
자루 세 개 만들었다

괭이 두 개
쇠스랑 한 개
새 삶을 얻고

나는
곁을 지킬
벗 셋을 얻었다

내 손이 닿은 자루는
반질반질
단단해질 것이고

자루를 쥔 내 손에는
노간주 냄새 날 거다

삶은
서로의 모습을
새기는 일이다

뿌리를 뻗다

이백 평 자갈밭 얻어
삽을 든 지 십 년

삽자루 세 번 부러지고
삽 허리 금 갈 때쯤
돌멩이들 밭 가에서 고분고분했고
흙은 부드러워졌다

손 갈라지고
허리 펴는 일
꾸물꾸물 사라지는 고통이었지만
마음은 흙을 따랐다

발 닿는 곳마다
흙뿌리로 서는 일이었다

늦바람

연두빛 푸르름과 눈 맞아
새벽 댓바람부터
깨밭을 뒹굴었다

멀쩡했던 바지에
구멍이 났다

아내가 좋아하는
옥수수 익는 냄새로
모든 걸 덮어버린
여름 아침

다시
깨밭 나갈 생각만 가득하다

오지다

긴 장마 끝
풀밭 된 깨밭에
쪼그려 앉아
삼일

허리 끊어지고
손가락 마디 욱신거려도
들깨 가지런한 밭 등지고
돌아서는 길

발걸음보다 먼저
집으로 달려가는

마당가에 엎드려
등목 할 생각

똥고집

뻐꾹 뻐꾹 우가가각
까악 까악 깍깍깍깍
끼끼 끼끼끼끽

뻐꾸기
까마귀
청딱따구리
건너편 숲에 모여 웃는 소리

세 마지기 무논에 허리 꼬부리고
느릿느릿
좁쌀만 한 물바구미
눈 비비며 잡아내는 농부가
한심한가 보지

비웃거나 말거나
바구미 터진 손가락 끝이 까매질 때까지
해 넘어간 무논이 깜깜해질 때까지

기도

46

어떤 이들은 부처님 앞에 무릎 꿇고
어떤 이들은 하나님 앞에 무릎 꿇는데
아무리 봐도
일용할 양식을 내어 주는 곳은
흙인지라
오롯이 흙에 무릎 꿇는다

장마

환장하겠구먼
한 달이 넘게 쏟아져야
하늘이 주는 대로 먹고 사는 것이
농사꾼이라지만
미쳐불겠고만
참깻잎 녹아 주저앉고
노란 들깨 맥없이 처졌고
널어놓은 고추엔 곰팡이 피고
볏잎엔 도열병 범벅이고……
처마 밑으로 끝없이 떨어지는 빗소리에
꾸역꾸역 걱정 차오르는디
에라 모르겠다
눈 감고 이불 뒤집어써도
말똥말똥
논두렁 밭두렁이 왔다 갔다 하는구먼

3
부

길고양이로부터

길고양이가 병아리 세 마리 물어간 후
닭 풀어놓을 때마다 불안이 쏟아진다

논두렁 걷다 길고양이 보이면
없는 돌도 찾아내 휘갈겼다

미움과 독설로 삐딱하게 기울어진 마음 반대쪽
논두렁 구멍 내던 두더지와
독사를 잡아다 놓고 균형을 맞추는
길고양이

가져간 것이 있으면
돌려주는 게 있다

그 간단한 이치를 깨닫지 못해
봄부터 한여름 되도록 날 세워 흙을 밟았다

내가 가져온 것들과

내가 돌려줄 것들을 생각했다

백봉이

알을 낳지 않는
열두 살 오골계 백봉이
올해도 병아리 네 마리 깠다

검은색, 회색, 갈색
엄마 닮은 병아리
한 마리 없어도
쳐다보면 품에 감추고
가까이 가면
날개를 펴고 달려든다

내 새끼만 소중한 인간들
백봉이에게 배워 가면 좋겠다

달걀 열 개

53

엄나무 순 얻어먹고
건넨 달걀 열 개

트랙터 모는 법 배우고
건넨 달걀 열 개

아랫동네 아기 먹이라
건넨 달걀 열 개

바꿔 먹고
나눠 먹고
같이 먹는

달걀 열 개

풀

언제 났는지 모르게
싹트고
언제 자랐는지 모르게
우거져

뜯기고
베이고
뽑혀도

언제 피었는지 모르게
꽃 피우고
언제 맺었는지 모르는
씨앗을 떨궈

언제나
들 가득한

저항

제초제 뿌린 논두렁

두 눈 부릅뜨고
벌겋게 몰살당한 풀
허리 꺾여 서 있는 곳

어느 날,
단비 내린 아침

거침없이 초록을 내밀었다

흙에서

냉이 꽃다지 별꽃

이른 봄 살다 비우면

개망초 뿌리내려

초여름 살고

오래 기다렸을 바랭이 달맞이

가을 앞에서 꽃망울 단다

먼저 산 풀

나중 산 풀 거름 되고

나중 산 풀

먼저 산 풀 거름 되는

흙에서

풀의 외침

징그럽다야
새벽부터 또 예초기질이냐
흥얼흥얼 콧노래가 나온다냐
풋풋한 풀냄새가 좋아?
풀 냄새에 빠져?
염병할
비릿한 쇠맛이 나야 피 냄새인 줄 아냐
니가 자른 건
내 생인 것이고
니가 즐긴 건
내 아픔인 것이여!

착각

김장하는 날
보란 듯 잘라 온
속 찬 배추

아침나절 물 주고
깻묵 오줌 뿌려가며
키웠다 생각했는데

깻묵 냄새 오줌 냄새
온데간데없고
싱싱한 배추 냄새
마당 가득하다

한 삽의 무게

서리 내리고,
푸릇한 뿔 하나씩 세운 마늘을 심으려
밭을 엎는다

쑥쑥 들어가는 삽날
삽질 거침없어질 찰나

뒷다리 끊긴 채
피 흘리며 기어나오는
개구리

한 삽 뜨는 일이
천근만근이다

푸른 가을

쩍쩍 갈라진 논바닥
벼 벤 그루터기마다 다시 내민
이파리

마당밭에 마늘 심는
구순 할머니 새까만
귀밑머리 닮았다

들이닥칠 서리 앞에 내민 이파리와
구순 할머니 검은 귀밑머리에 매달린 하루
텅 빈 가을을 푸르게 채웠다

들깨밭을 비우고

밭 가득하던 들깨를 잘랐다

가뭄 걱정
비 걱정
바람 걱정
벌레 걱정

함께 잘렸다

비운 건 밭인데
마음이 가볍다

손이 무섭다

웬만한 산꼭대기보다 높은
중황마을 꼭대기 논

기계가 오지 않는다고
손 놓고 있을 수는 없지

유전자 어딘가 박혀 있던 낫질
어느덧 익숙해지고
누런 벼 가득하던 한 마지기 반
막걸리 잔처럼 비웠네

이삭은커녕
쭉정이 하나 떨어지지 않은 논에는
발자국만 중구난방 왁자지껄

이 논만 바라보던 산새들은
겨울 날 일 걱정이네

귀신

―개구리

논에는 귀신이 산다
땅속에서 눈 감고 있다
어떻게 알았을까
논두렁 바르고 물 채우는 순간
비집고 나와 밤마다
꽥꽥꽥꽥
꾸괴괴

말 못하고 있던 것 한이 된 듯
논을 살려내라
집 짓지 말고 농사져라
봄밤 요란스레 채우다가
농사꾼 기침 소리에
얌전해지는

논에는
섬겨야 할 사람을
틀림없이 구별해내는

귀신들이 잔뜩 산다

논

파릇한 볏잎 위
잡고 또 잡아도
사라지지 않던
물바구미

다섯 치 물속 흙바닥에
빼꼼히 얼굴 내밀고
보일 듯 말 듯 살아내던
실지렁이

볏고랑 허공에 그물 치고
이슬 젖은 새벽 흠뻑 잡아내던
호랑거미

니 땅 내 땅 경계 없이
넉넉한 밥상을 나누던
잠자리, 물방개, 미꾸라지, 장구애비

가장 먼저 자리 잡아
가장 늦게 떠나던 개구리와
그 뒷다리에 슬며시 붙어 있던
거머리

물벼룩, 물자라
메뚜기, 땅강아지, 두더지……

그 모든 생(生)의
논

4

부

마음이 오가는 길

한가위가 되면
아사히비정규직지회에서 판매하는 김을 사서
이웃과 나눈다

10년째 말을 높이는
컨테이너 한 칸 집
만식이 형
"고맙습니다
고맙습니다
나는 줄 것이 없는디……"

그날 밤 대문간 문고리
검은 비닐 봉투
신문지에 돌돌 말린

송이
다섯 송이

겨울꽃

누구를 위해 사는 삶 없고

누구를 위해 피는 꽃 없었으니

겨울을 살아야 하는 광대나물이

봄을 기다릴 필요는 없다

갈빛 생의 흔적만 무성한 밭

하얀 서리 품고

자줏빛 생의 절정을 찍는

겨울은

광대나물의 것이다

편지

—세종호텔지회 고진수 동지께

부드러운
흙
그대 발 아래 펴고

품 넓은 느티 한 그루
그대 등 뒤에 세우면

뻐꾸기도 꾀꼬리도
그대 곁으로 갈까

그대를 둘러싼 쇠붙이
인동 덩굴 휘감고

무성한 초록빛
그대 감싸면

개구리 소리
소쩍새 소리

그대 밤에 걸릴까

디딜 곳 없는 바위에 뿌리내린 소나무가
기어코 바위를 가르는 걸 보았다네

그대 의지 단단한
씨앗으로 영그니

우리가 비가 되겠네
그대 마음
마르지 않길

도시 씀바귀
—세종호텔지회 고진수 동지를 생각하며

씨앗은
떨어진 자리에 싹터
생명이 꽃 피는 자리
따로 있지 않았다

하루 종일
그늘 한 점 다가서지 않는
아스팔트 경계석 틈바귀

비가 와도 스며들지 않는 곳에서
여기다
여기가 생명이 핀 자리다
깃발처럼 세운

노란 꽃송이

단양쑥부쟁이

신작로 가 미루나무 쓰러지고
하늘다람쥐들은 엔진톱 든 사람들에게 잡혀
몸보신 용으로 팔려갔지

잔잔한 물결 자갈밭과 밀당하던 옥순봉 아래
유리 어항 하나 들고 가
쉬리며 돌고기 그득 건져내던 추억은
오석을 찾는 포클레인이
깊이 묻어버렸어

비 그친 뒤 구름 오르내리던 앞산 중턱에는
발파 먼지가 일었고
사람들은 무너질 집을 단장했지
금 간 담을 바르고
빛바랜 지붕을 칠하고
흙벽에 하얀 횟가루를 입히고

그렇게 받은 수몰 보상금 칠팔백을 쥐고

땅 파먹는 재주밖에 없는 농부는
쫓기듯 떠났어
안양으로 의정부로 부산으로
단추공장으로 공사장으로 경비원으로

30년이 흘러
흔들리는 그들을 만났어

고향에서 칠백 리는 떨어진
지리산 골짝 초등학교 운동장
히어리, 미선나무, 삼백초
그 사이

차오른 물에 베인 상처에
독한 소주 부어가며
뿌리내릴 땅 찾고 있는

하나둘 사라져도

전기를 만들고
공장을 돌리는 데
아무런 지장 없는
멸종 위기의 사람들을

* 단양쑥부쟁이 : 단양과 충주를 잇는 남한강 유역에 서식하는 식물이었으나 충
  주댐 건설로 서식지를 잃고 멸종위기 종으로 관리되고 있다.

초록 봉숭아 이야기

비탈길 콘크리트 틈에 싹튼
작은 봉숭아

서리 내린 후
잎 없던 이파리 떨구고
줄기만 남았네

삶은
허공에 피우는 게 아니라
낮은 곳으로의 뿌리내림

콘크리트에
창처럼 내리꽂힌
줄기가 말하네

살다 보면
꽃도
씨앗도

없을 수 있다고

삶은 늘
푸르름이었다고

봄이 오는 길

느릿느릿
거름 지게 타고 밭에 올라
늙은 농부 손에
휘이 뿌려진

손바닥만 한
봄

매화나무 곁에서
햇살 잡아 앉히고
쿰쿰한 이야기
사나흘

궁금했던가

꽃다지도
매화도
부스스 눈뜬다

기계가 올 수 없는
비탈밭에서

세월에게

올해부터 검은콩 농사를 짓기로 했습니다

그까짓 거 얼마나 먹는다고 힘들게
농사짓냐 말하실 수 있겠지만
마당가 풀 뽑는 아내 머리칼이
저녁 햇살에 은빛으로 반짝입니다

아내 머리칼에
촘촘히 터를 잡은 세월에게
조금만 천천히 오라고

아내 손 꼭 잡고
그대 곁으로 갈 것이니
조금만 천천히 오라고

매일 아침 검은콩 밥상 올리며
간곡히 부탁하고 싶어
논두렁에 맺힌 초여름 걷어내고

검은콩을 심기로 했습니다

아내의 손

불 꺼진 방
조심스레 들어와 이불 덮으면
위로하듯 감싸는
아내의 손

배가 차다며
지친 하루 위에 살포시 올려놓은
아내 손은
따뜻한 우주의 중심이었습니다

서로 다른 체온이 하나가 되는
순간을 놓치지 않고 잠은
가장 평온한 얼굴로
찾아들었습니다

죽는 날도
꼭
이랬으면 좋겠습니다

아내 발 시리지 않게

"그거 알아?

난로에 발 대고 있는 것 보다

당신 발이 훨씬 따뜻한 거

당신 가면 발 시리겠다"

아내 발 시리지 않게

오래 살아야겠다

어머니

아들 피부병을 고치고 싶어

황태 다섯 마리 품고

참나무 장작불 온몸으로 견디며

밤새도록 푸우 푸우

닭똥 같은 눈물 한 말 떨구고 나면

가마솥 가운데 한 대접

갈빛으로 고여 있는

어머니

냉잇국

겨울과 봄의 경계에서도
먹을 것은 땅에 있다

땅이 녹는 순간과
질긴 꽃대를 올리는 순간

그 경계를 놓치지 않아야
숭숭 썰어 넣은
겨울 무 달래와 어우러져
달작지근 입맛을 살려내던
어머니도 만날 수 있다

버들피리

암소는
꼬리를 흔들어
아침을 열었다

지게엔
아들이 올라타고
목이 긴 아버지 장화가
찬 이슬을 밟았다

돌이 더 많았던
비탈밭 구석 복숭아나무 아래
아버지는 물오른 봄을 비틀어
버들피리 만들었고

하루 종일
뿌우뿌우

아버지를 부르는 노래에

움츠렸던 복사꽃이
툭 툭 터졌다

잘 빚어진 흙의 언어

문종필(문학평론가)

땅도/ 스르르/ 몸 연다/ 씨앗 한 줌 쥐고/ 봄으로 들 때다

(「입춘」)

1. 흙으로 상상할 수 있는 것

흙은 욕망하지 않는다. 흙은 넘치지 않는다. 흙은 탐하지 않는다. 흙은 순환하게 한다. 흙은 수용할 줄 안다. 흙은 포용할 줄 안다. 흙은 기다릴 줄 안다. 흙은 단단해질 수 있으며 물렁물렁하게 변할 수도 있다. 흙은 따뜻하다. 흙은 뜨겁다. 흙은 단단하다. 흙은 바람을 통하게 한다. 흙은 노력을 배신하지 않는다. 흙의 시간을 통과한 사람들에게 흙은 자비롭다. 흙은 같은 흙이지만 같지 않다. 흙은 자신을 붙잡은 뿌리에게 뿌리의 향을 나게 한다. 흙은 아무런 노력을 하지 않아도 키 큰 사람을 구부리게 하는

힘이 있다. 흙은 자유롭다. 흙은 냉정하다. 흙은 잔인하다. 흙은 통쾌하다. 흙은 숨 쉬게 한다. 흙은 꿈꾸게 한다. 흙은 미래를 보게 한다. 흙은 무엇이든 할 수 있고, 무엇이든 상상하게 할 수 있게 한다. 흙은 지천에 있는 것을 살린다. 이 땅의 흙은 건물을 올린다. 집을 짓게 하고 커다란 기둥을 세운다. 흙은 커다란 시멘트를 하늘까지 올린다. 흙은 어머니를 돌본다. 흙은 이 계절에 없는 사람을 기억하게 한다. 흙은 작지만 작지 않다. 흙은 건강하다. 흙은 과식하지 않는다. 흙은 모든 것을 상상하게 한다. 흙은 자유다. 흙은 살아 있는 생명체다. 흙은 다투지 않는다. 흙은 들짐승을 살리고, 지독한 병균으로부터 동물을 살린다. 흙은 생명을 잉태한다. 흙은 지구상에 존재하는 가장 오래된 생명인 은행나무와 플라타너스를 지탱한다. 인간의 짧은 생과는 비교할 수 없을 정도로 긴 생을 지닌 나무를 지상으로 세운다. 흙은 살아 있는 신(神)이다. 흙은 신이나 다름없다. 흙 없이 우리는 살 수 없으며, 흙 없이 우리는 일어날 수 없다. 흙 없이 발을 디딜 수 없으며, 흙 없이 하늘을 올려다볼 수 없다. 시멘트도 흙이다. 흙을 딛고 하늘을 본다. 흙을 딛고 우주를 본다. 태양을 보고 화성을 본다. 화성을 살리는 것도 흙이다. 화성에서 꿈을 꿀 수 있는 것은 그곳에 흙이 있기 때문이다. 흙은 우리를 일으킨다. 흙은, 흙은, 흙은.

이규동 시인의 첫 시집을 읽으면서 떠오르는 생각을 몰아치듯이 적었다. 이것을 흙의 가능성이라고 봐야 할까. 흙의 신비라고 봐야 할까. 그에게 있어서 흙은 하나의 작은 신이나 다름없다. 흙과 함께 사는 마을 사람들 역시 마찬가지다. 흙 속에서 살고, 흙 속에서 죽는다. 흙에서 자유를 찾고 흙에게 한계를 구한다. 흙 속에서 농담과 웃음을 찾고, 흙 속에서 미래를 본다. 이 미래는 반드시 장밋빛을 선사하지 않지만, 있는 그대로의 체험과 경험을 거짓 없이 적게 한다. 아니 흙의 언어로 시인의 문학을 쌓아 올리게 한다. 그가 선배 시인들에게 영향을 받지 않았다고 볼 수 없으나, 딛고 있는 땅이, 서 있는 흙의 위치가, 스승이자 선생이자 종교다. 흙이 그를 구속하지만, 이 구속은 선택된 복종이다. 그래서 이 복종은 자유보다 더 자유롭다. 이 시집을 어떻게 명명할 수 있을까.

2. 흙의 힘을 믿는 사람

죽음을 응시하는 삶은 너그럽고 멀리 보니 믿을 수 있다. 시인은 자신의 첫 시집 첫 작품에서 죽음을 이야기했다. 오랜 시간 흙에서 난 고사리를 시장에 내다 팔 수 있어서 먹고 살 수 있었고, 자식 역시 잘 키울 수 있었다고 말했다. 화자는 흙이 준 밥벌이의 고마움을 잊지 못해 어떻게 표현해야 할지 망설인다. 이때 시인은 "나중에/ 숨 넘어가면/ 흙밥이나 되야제"(「흙밥」)라고 결심한다. 진 빚을 몸으로 갚겠다는 것이다. 이것은 빈말이 아니다. 그는 그럴 각오가 되어 있다. 이 마을 사람들은 그러기로 작정했다. 이처럼 이 시집은 흙 곁에서 살아가는 시인과 시인 주변 동료들의 이야기로 채워진다.

시인 이규동의 언어는 흙의 가치와 신비를 멀리서 관찰해 쓴 것이 아니다. 직접 농사일하면서 체득하게 된 경험과 감각을 언어로 꾹꾹 눌러 담은 노동의 언어이다. 이런 시는 지식인의 관점에서 쓴 성의 없는 '구호'와는 명확히 구분된다. 이것을 '관념'과 '구체성'의 차이라고 말할 수 있고, 이 지점이 노동'하는' 자와 노동을 '바라보는' 자의 차이일 수 있다. 독자들은 이 지점을 기억할 필요가 있고, 이 지점이 시인 이규동이 가지고 있는 장점이다. 그의 언어에서 두드러지는 또 다른 특징은 농사일하는 노동자로서 그가 품은 성정(性情)이다.

곁에서 함께 노동하는 동료들을 바라보는 시인 이규동의 시선에는 연민이 숨겨져 있다. 하지만 이 연민은 함부로 그들을 불쌍히 여기지 않는다. 그러니 연민은 뒤로 밀려나고 애틋한 정서만이 주변을 감싼다. 그래서 시인에겐 농사일하는 동료들이 오히려 존경스럽고 자랑스럽다. 농사일이 쉽지 않다는 점에서 몸의 파괴를 외면할 수 없지만, 그것은 순리이지 부정해야 할 가치가 아니다. 곁에서 그와 함께 삶 자체를 주고받았던 순옥, 만복, 만호 형, 대중 형, 재운 형, 정남 아주머니, 윤정 아빠, 윤정 엄마, 성순이 형수, 분달이네, 팔순이신 어머니의 삶이 그것을 증명한다.

시인은 피부에 각인된 흙의 언어로 아내의 삶과 어머니의 하루와 마을 사람들의 삶을 적는다. 기억해야 할 것은 이 목소리가 이규동 시인 본인의 것이 아니라는 것이다. 지리산 끝자락에서 사는 농부로서 긍지를 품고 살아가는 농부'들'을 대표한다. 지역 지리산을 넘어 세계의 농부들을 대표한다. 그와 그들은 같지도 비슷하지도 않지만, 다르지도 않다. 모두 흙을 딛고 살아가는 흙의 생명이다. 이것을 삶으로서의 알레고리라고 표현할 수 있지 않을까.

1부에선 흙의 감각으로 '노동의 시간'을 표현한 시인의 눈[目]이 인상적이다. 후각으로 전해지는 '흙의 신비'와 선량한 시인이 품은 정서 역시도 눈여겨볼 만하다. 시인은 지리산에서 어린아이들을 가르치며 생활하기도 하지만, 직접 농사한 농작물을 먹고 살아가는 사람이다. 이런 이유로 농부로서의 삶이 시집에 큰 비중을 차지한다. 이런 생활은 '노동의 시간'과 '흙의 신비', 흙의 정서를 풀

어내는 데 일조한다. 동시대의 작가들과 이규동의 시가 뚜렷하게 구별되는 지점은 아마도 이 부분일 것이다. 예를 들어 동시대에 기후 위기 문제를 놓고 옳은 것과 옳지 않은 것을 지식인이나 예술가의 관점에서 이야기할 수 있지만, 직접 자신이 일궈 놓은 농작물을 지어 먹으며 인위성과 거리를 두고 온몸으로 저항하는 것은 많은 지점에서 다를 수밖에 없다. 그러니 어느 것 하나 꿀릴 일이 없다. 딛고 있는 땅에서 당당하게 낸 목소리는 눈치 보지 않는다. 이 목소리는 오로지 이규동의 입으로 말해질 뿐이다. 이 지점이 그가 품고 있는 시인으로서의 긍지이자 무기이다.

밤새
쪼그려 앉은 시간이
차곡차곡 쌓여
해를 중천에 밀어올렸다

끊어질 것 같던
무릎과
허리와
손가락
불 꺼진 상추 하우스를 베고 누워

한 박스 삼만 원만 가면 좋겠다

수다 떨며

스르르 잠드는

긴 여름

짧은 한낮

—「상추잠」 전문

꿀잠은 아주 달게 자는 잠이다. 이 단어는 여러 층위에서 사용될 수 있지만, 도시 노동자의 관점에서 보자면 힘겹게 몸을 썼던 노동자들이 바닥이나 벽에 잠시 몸을 기대 깊이 잠을 청할 때 푹 자는 행위를 두고 하는 말이다. "이삼십 분 눈 붙이지만 그맛"[1]이 최고다. 이 단어가 현장에서 만들어졌다는 것은 지친 노동자들의 고달픈 삶을 말해준다. 그래서 도시 노동자들에게 꿀잠은 익숙한 것일지도 모르겠다. 그런데, 이규동의 이 시에서는 도시형 꿀잠이 변형되어서 '상추잠'으로 표현된다. 중요한 것은 국어사전에 '꿀잠'은 명확하게 뜻이 명시되어 있는 반면에, '상추잠'은 그렇지 않다. 즉, 이규동 시인이 '상추잠'이라는 단어를 '발명'한 것이다. 이것은 공간과 장소와도 무관하지 않다. 도시가 아닌 흙의 장소에서 직접 노동하

---

1) 송경동, 「꿀잠」, 『꿀잠』, 삶이보이는창, 2006, 54쪽.

는 과정을 관찰하는 과정에서 이 단어를 명명한 것이다. 누군가가 이 단어를 평소에 자주 썼다고 하더라도, 시의 언어로 끌어와 시어에 생명을 불어넣는 것은 다른 문제라고 생각한다. 시인 이규동은 이런 작업을 수행했다. 이것이 가능했던 것은 공간과 장소가 주는 정직함 때문일 것이다. 그렇다면 '상추잠'으로 무엇을 표현했을까.

농사일하는 노동자의 애환을 담았다. "밤새/ 쪼그려 앉은 시간이/ 차곡차곡 쌓여/ 해를 중천에 밀어올렸다"라고 적었다. 참신한 표현이다. 눈여겨봐야 할 부분은 '쌓인다'라는 동사와 밀접하게 연결된 상추 따는 노동의 시간이다. 이 시간이 중첩될수록, 해를 능동적으로 밀어 올린다. 이때 노동하는 행위가 다른 어떤 것보다도 앞선다. 흙 위에서 성실하게 노동하는 농부의 삶이 우뚝 올라선다. 그때 태양 주변을 자전하는 과학의 원리는 과감히 부서진다. 이 노동은 몸의 통증을 유발하지만, 그것이 꼭 고통스럽지는 않다. 화자는 지친 노동 이후에, 오히려 이 노동 속에서 희망의 시간을 품기 때문이다. 쉴 수 있는 수다를 불러오고 지친 몸을 눕힌다. 이 시간을 모두 통과하고 난 다음에야 '상추잠'이라는 단어를 만들어낸다. 이처럼 이규동 시인은 상추가 스르르 숨는 이치를 통해 노동자의 표정을 흙의 언어로 조밀하게 빚는다. "구부려야 내어 주는 흙바닥"(「품다」)의 이치를, "찌글찌글한 씨감자/

흙에 묻으면/ 보름도 되지 않아/ 탱글탱글/ 새순 움
트"(「흙의 시간」)게 하는 흙의 신비를, "땅 파먹고 사는 농
부"(「꾹꾹」)의 삶을 흙의 언어로 빚는다.

새벽부터 쪼그려 앉아 상추 딴 만호 형은

엄지와 검지 끝마디 새까맣고

목에 수건 하나 두르고 허리 숙여 논 맨 대중이 형은

갈라진 손끝마다 흙심줄 박혔고

하루 종일 마늘밭에 붙어 있던 재운이 형은

장도리 닮은 손가락 끝이 황톳빛이고

만호 형 손 닿은 잔에서는

상추 냄새가

대중이 형 손 닿은 잔에서는

논흙 냄새가

재운이 형 손 닿은 잔에서는

마늘 냄새가

흙 묻은 손이 따라 준 소주 석 잔에

기분 좋게 취한 저녁 까딱까딱

서산으로 넘어가고

내 손도 저런 손이 되어야 쓰겠다

꿀꺽꿀꺽 마음 삼키고

—「손」 전문

　　도시 노동자의 손은 갈라지고 움튼다. 쇳가루 냄새가 나고, 사료 냄새가 난다. 수증기로 변해버린 뜨거운 화학 약품으로도 냄새가 지워지지 않는다. 어부의 손이나 생선 장사의 손에서는 비린내가 가시지 않는다. "엄마 품에선 비린내가 나서 싫다고 달아나던 내 새끼들"[2]로 인해 몇 번을 씻어 보지만 사라질 리 없다. 리어카를 끌며 커피 파는 장사꾼의 갈라진 손에는 커피 냄새가 난다. 일터에서 밀려난 동료에게 "우리는 일하고 싶다"[3]는 유인물을 건네는 것도 손이다. 부조리한 자본의 권력과 싸우다 움츠러든 아내가 다가와 "오래도록 내 얼굴을 쓰다듬"[4]는 것 역시 손이다. 노조 설립을 위해 "소수가 참여하는 노동조합과 다수가 참여하는 노동조합은 할 수 있는 일이 다르다. 다수가 참여해야 노동조합은 힘이 있다. 힘이 있는 만큼 요구는 관철"[5]된다고 동료에게 문자메시지 보

<hr>

2) 박상화, 「시간의 문」, 『동태』, 푸른사상사, 2019, 104쪽.
3) 조선남, 「빈손」, 『희망수첩』, 문예미학사, 2000, 13쪽.
4) 조현문(조성웅), 「아내의 첫 번째 발걸음」, 『절망하기에도 지친 시간 속에 길이 있다』, 갈무리, 2001, 10쪽.
5) 차헌호, 「뭉쳐야 산다」, 『파치』, 이매진, 2025, 83쪽.

내는 것도 손이다. 답답한 일터에서 복잡한 심정으로 인해 "멈췄다 다시 움직이고 문 손잡이를 쥐었다 놓"[6]는 것 역시 손이다. 지친 노동임을 알고 아이가 걱정스럽게 다가와 "고사리 손으로 어깨 주무르는"[7] 것도 손이다. 빈민운동하는 후배들을 위로하기 위해 "불빛 하나 외롭지 않게/ 잠든 어깨 하나 외롭지 않게/ 빈손 하나 외롭지 않게/ 절망 하나 외롭지 않게"[8] 노래하며 기억하는 것도 손이다. "일주일에 1톤 고무, 하루 수만 번씩 자른 가위질 십 년으로/ 손가락마다 뼈가 튀어나오고 휘어지고/ 마디는 굵고 두툼한 굳은살 박인 거친 손"[9]은 노동의 세월을 견뎠기에 그 어떤 손보다도 곱다. "홀로 계신 아버지 생각도 나고 지난여름 황망히 떠나신 엄마도 생각"[10]나서 일기 쓰면서 마음을 달래는 것도 손이다. 배관공 노동자는 "그렇게 아주 오래 움켜쥐고 있으면 쇠도 손바닥처럼

---

6) 이원석, 「꿈의 기록장」, 『The Earthian Tales 5-I will be BACK』, 아작, 2021, 99쪽.
7) 신경현, 「정기 건강 검진」, 『그 노래를 들어라』, 도서출판 풀무질, 2008, 14쪽.
8) 우창수, 「절망 그만큼의 희망」, 『살아 보고 싶은 날의 하늘은 무슨 색일까』, 삶창, 2024, 139쪽.
9) 배순덕, 「골병」, 『살아 보고 싶은 날의 하늘은 무슨 색일까』, 삶창, 2024, 16쪽.
10) 전상순, 「아버지와 장롱」, 『살아 보고 싶은 날의 하늘은 무슨 색일까』, 삶창, 2024, 116~117쪽. , 2024, 16쪽.

따스해"[11]진다는 진리를 알고 있다. 그의 손에는 늘 따스한 쇳내가 난다. 손은 이렇게 각자의 방식으로 깊은 흔적 하나 남긴다. 인간에게 손은 없어서는 안 되는 신체다. 손으로 먹고산다. 손으로 투쟁하고, 손으로 음식을 빚고, 손으로 인사한다. 중요한 것은 이런 손을 지리산 농부가 노래하면 쓰임이 달라진다는 것이다. 뜬금없지만, 제임스 카메론 감독의 문제작 〈아바타〉(2009) 시리즈에서 물에 사는 종족과 하늘에 사는 종족, 땅에 사는 종족의 손이 모두 다르듯이, 산에서 사는 농부가 바라보는 손은 다르다. 이 손으로 이규동 시인은 시를 매만진다.

「손」에서 흥미로운 것은 흙의 노동을 후각으로 표현하는 장면이다. 흙은 미생물 덩어리여서 독특한 향기를 가지고 있다. 손으로 흙을 만지면 만질수록 흙의 향이 자연스럽게 손에 밴다. 만호 형의 손과 대중 형의 손, 재운 형의 손도 그렇다. 이들은 각자 다른 농사를 한다. 상추를 따고, 논을 가꾸고, 마늘을 키운다. 그러니 상추 향이, 논 향이, 마늘 향이 손에 밸 수밖에 없다. 생선 장사의 손에서 생선 냄새가 사라지지 않는 것처럼, 배관을 다루는 도시 노동자의 손에서는 쇳가루 냄새가 사라지지 않는

11) 이면우, 「손공구」, 『아무도 울지 않는 밤은 없다』, 창작과비평사, 2001, 57쪽.

것처럼, 중국집 주방장의 옷에서 춘장 냄새가 진득하게 배어 있는 것처럼, 노동은 노동자에게 직업의 냄새를 심는다. 따라서 농사일하는 노동자들의 손에 자신이 재배하는 작물 냄새가 배는 것은 자연스럽다.

시인은 흙의 시간을 소중히 여긴다. 흙을 통해 세상을 본다. 타인의 아름다움을 이야기할 때도 그렇다. 순옥에게 "한 줌 흙 붙잡고 핀 얼굴/ 고울 때"(「능소화―순옥이」)가 있었다며 회상하기도 하고, 정남 아주머니가 열심히 감자밭에서 감자 캐는 것을 보고선 "도시 사람들까지 먹여"(「정남 아주머니」) 살린다고 말하기도 한다. 분주한 농부들의 손이 없었다면 도시 사람들의 식탁은 차려질 수 없다며 정남 아주머니의 노동을 치켜세운다. 사연 있는 슬픈 발자국을 볼 때는 "구부러진 허리 곧추세우며/ 푸른 밭 속으로 걸어간 발자국마다/ 꽃이 핀다/ 흙빛으로/ 핀다"(「흙꽃」)고 말하기도 한다. "모를 낼 때마다 하나씩/ 이가" 빠졌음에도 불구하고 환하게 웃는 '분달이네'를 보고선 "손 흔들며 논으로 달려가는/ 분달이네 자전거에/ 햇살도 바람도/ 길을 튼다"(「분달이네」)며 흙 위에 선 고달픈 노동자들을 애틋한 시선으로 응원한다.

시인의 시집을 읽다가 위트나 유머의 눈빛을 종종 확인하게 되는 것은 흙에서의 가능성과 그곳에서의 긍정을 믿기 때문일 것이다. 흙은 시인을 일어서게 한다. 시인이 품고 있는 기저의 성정으로 인해, 그는 어떤 곳에서든 이런 태도와 자세로 주어진 시간 속에 주변을 응시할 것임을 믿어 의심치 않는다. 공간과 장소도 중요하지만, 시인 이규동의 시에서 드러난 동료들을 향한 정서는 그곳이 흙을 딛고 있는 장소라는 점에서 흙의 언어로 세워졌을 뿐, 그는 어떤 것으로도 변주할 수 있다. 그만큼 마음이 흙 같다.

3. 흙과 유머

종교는 사람을 위태롭게 한다. 두 눈을 가리고 앞의 사물을 흐리게 한다. 한 개인의 맹목적인 믿음이, 자본주의에 대한 믿음이, 특정한 세계관 속에 갇힌 사람의 믿음이, 틈을 허락하지 못하게 하는 것처럼 확고한 믿음이 한 곳만을 바라보게 한다. 그러나 이 믿음이 진가를 발휘할 때가 적지 않다. 수동적인 믿음이 아닌 주체적인 믿음일 때 효력이 발생한다. 자유롭게 살아야 한다는 관념의 말이 오히려 자신을 구속해 고립시키기도 하지만, 오랜 시간 실패와 갱신을 극복하며 살아온 구체적인 삶의 믿음에는 우직함이 숨겨져 있다. 적어도 그는 수백 번의 한숨과 수백 번의 고뇌와 수백 번의 눈물을 남몰래 흘렸을 확률이

높기 때문이다.

2부에 수록된 시 한 편이 이런 사정을 이해하는 데 도움이 되지 않을까. 이규동 시인은 "어떤 이들은 부처님 앞에 무릎 꿇고/ 어떤 이들은 하나님 앞에 무릎 꿇는데/ 아무리 봐도/ 일용할 양식을 내어 주는 곳은/ 흙인지라/ 오롯이 흙에 무릎 꿇는다"(「기도」)고 적었다. 그는 분명히 부사 '오롯이'를 썼다. 절대적이라는 말이다. 경건하게 흙 앞에 무릎을 꿇는 행위는 이 시집의 세계관에서 강력한 힘을 발휘한다. 시인은 시집에서 "이 백 평 자갈밭 얻어/ 삽을 든 지 십 년"(「뿌리를 뻗다」)이 지났다고 적기도 했다. 시가 쓰인 시기를 감안하면 십 년 이상 농사일을 해온 셈이다. 십 년이 짧다면 짧은 시간이겠지만, 어떤 자세로 임했느냐에 따라서 시간은 상대적인 길이로 바뀐다. 그는 이 기간에 삽자루 여러 대를 부러트렸으니 농으로 농사일을 한 것은 아닐 것이다. 오랜 시간 노동해온 대가로 평평한 흙 얻었으니 마음이 진심일 것이다. 그래서 땅을 향해 고개 숙여 얻은 만큼 노동의 가치를 받아들이게 되는 삶의 시간은 경건한 울림을 준다. 흙에서의 노동은 그에게 성스러움 그 자체다.

시인은 수명을 다해 흙으로 돌아갈 "하얀 마늘쪽 가운데/ 진한 초록 싹"을 보고선 "푸른 들 만들겠다는/ 심지"가 굳다고 말한다. 이것은 연약하고 소외된 싹이 지닌 가

능성을 믿는 시인의 태도를 보여주는 것으로, 그가 미래
의 시간을 어떻게 응시하는지 잘 보여준다. 태도의 측면
에서 미래의 가능성을 포기하지 않는다는 말이기도 하
다. 그리고 이 미래는 자신의 미래이기도 하지만, 평범하
게 살아가는 노동자들의 미래이기도 하다. 이런 마음 이
후, "저 생을 잘라/ 내 생을"(「약속」) 이으면, 들판을 꿈꾸
었던 마늘 싹의 희망을 자신의 몸에 새길 수 있다고 적는
다. 그에게 흙에서의 노동은 이처럼 진지하다. 그러나 혹
자는 이규동 시인의 흙에 대한 진지한 태도와 믿음으로
인해, 시인의 문학이 매우 딱딱할 것으로 생각할 수 있다.
흙에 죽고 흙에 사는 시인의 운명을 과묵한 표정으로 기
억할 수 있다. 하지만 이런 선입견을 품어서는 곤란하다.
앞에서도 말했듯이, 허리가 끊어지는 노동이라고 하더라
도 그의 삶에는 위트가 살아 숨 쉬니 그렇다. 이것은 농
부의 삶과 흙을 딛고 살아가는 노동자들의 삶이, 연민의
대상으로만 치부될 필요가 없음을 의미하기도 한다. 한
인간의 삶 전체가 아무리 고되다 하더라도 지금, 이 순간
이 주는 숨, 쉼을 잊지 말아야 한다는 것을 알려주기도 한
다. 그래서 시인의 이러한 특성을 찾아보는 것은 시집을
읽는 하나의 즐거움이라는 생각이 든다.

　가령, 다음과 같은 상황이 이에 속한다. 지리산에서 화
자는 뻐꾸기와 까마귀, 청딱따구리 소리를 듣는다. "뻐꾹

뻐꾹 우가가각/ 까악 까악 깍깍깍깍/ 끼끼 끼끼끼끽”(「똥고집」) 소리가 시인의 귀를 사로잡는다. 이 소리는 우리에게 특별한 의미가 없지만, 농사일하는 시인에게는 웃음소리로 각인된다. 이 웃음의 내막은 이렇다. 화자는 동네 정남 아주머니가 “마당 한가득” 감자를 수확할 때, “잔챙이까지 털어/ 겨우 세 상자”(「정남 아주머니」) 채울 뿐이다. 시인의 농사는 이처럼 서툴다. “세 마지기 무논에 허리 꼬부리고/ 느릿느릿” 움직이거나 “좁쌀만 한 물바구미/ 눈 비비며 잡아내는 농부”(「똥고집」)다. 시인은 이런 자신을 한심하다고 생각하다가 새들 역시도 농사 못 하는 농부라며 비웃는다고 상상한다. 하지만 이 상황에서 새들이 뭐라건 자신의 속도로 농사하겠다고 마음을 다잡는다. 이 상황이 웃음을 유발시킨다.

장마를 견디는 농사꾼에 관한 이야기도 이 범주에 들어온다. 한 달 넘게 지리산에 비가 쏟아진다. 참깻잎은 녹아 주저앉고, 노란 들깨는 맥없이 쓰러진다. 고추엔 곰팡이 핀다. 벼잎은 도열병으로 엉망이 되었다. 농사꾼은 농사하며 살아가야 하는데, 긴 장마로 모든 작물이 허물어진 것이다. 시인은 그때 하늘의 이치에 저항할 수 없으니, 이불을 덮고 잠을 청하기로 한다. 될 대로 되라는 식으로 이불 속으로 기어들어 간 것이다. 그런데 이불에 들어가자마자 “말똥말똥/ 논두렁 밭두렁이 왔다 갔다”(「장마」)한다. 여기서 생각해야 할 것은 눈만 동동 뜨고 걱정하는 '말똥말똥'이라는 단어가 주는 위트이다. 우리는 어렵지 않게 장마철에 농사일로 방 안을 동동거리며 걱정하는 농부의 모습을 웃으며 목격하게 된다. 장마를 끝마치고 난 이후의 노동에서는 "풀밭 된 깨밭에/ 쪼그려 앉아/ 삼일" 일하고 나선 고된 몸을 일으켜 집에 가는 표정을 이렇게 적기도 한다. "발걸음보다 먼저/ 집으로 달려가는// 마당가에 엎드려/ 등목 할 생각"(「오지다」)이라고 말이다. 이 부분은 어린아이가 학교 마치자마자 집에 가서 놀 생각을 하는 듯한 착각을 불러일으킨다. 다 큰 어른도 어린이와 다름없다는 것을 시를 통해 알게 된다. 이런 화자의 표정은 우리를 텍스트로 끌어당겨 삶의 현장으로 이동하게 한다. 이처럼 시인이 흙을 대하는 경건한 자세와 위트는 2부에서 놓치지 말고 읽어야 할 표정이다. 하지만 이보다 더 관심을 가져야 하는 것은 노동 자체에 대한 시편들이지 않을까 싶다.

　
죽은 노간주나무 하나 잘라
자루 세 개 만들었다

괭이 두 개
쇠스랑 한 개

새 삶을 얻고

나는
곁을 지킬
벗 셋을 얻었다

내 손이 닿은 자루는
반질반질
단단해질 것이고

자루를 쥔 내 손에는
노간주 냄새 날 거다

삶은
서로의 모습을
새기는 일이다

—「자루를 만들며」 전문

이 시가 의미 있다면 시인이 농사일하는 농부로서 자
신의 경험을 삶 속에서 융화시켰다는 데 있다. 화자는 죽
은 노간주나무 하나를 얻어 괭이 두 개와 쇠스랑 하나를
만든다. 나무는 이미 삶이 끝났지만, 화자에 의해 새로운

생명을 얻는다. 이 생명을 그는 '벗'이라고 표현한다. 벗은 곁에서 오래 보는 존재라는 점에서 괭이와 쇠스랑이 자신의 손에 의해 반질반질 될 거라는 말은 부러질 때까지 함께한다는 말이다. 자신의 손에 노간주나무 향이 밸 거라는 말도 같은 말이다. 이는 시인이 세상에 놓인 사물을 소중히 여긴다는 말이기도 하지만, 새로운 사물의 감각을 자신의 몸에 정성껏 새긴다는 말이기도 하다. 다른 말로 말해 '나'와는 무관한 '타인'의 감각을 자신의 몸에 새기는 과정에서 '타인'의 경험을 돌본다는 말이기도 하다. 그러니 우리는 시인의 몸이 열려 있다고 이해할 수 있다. 그가 지리산에서 아이들을 가르치며 농사일하는 과정에서 얻은 이 고백은 자신의 성정을 내비치는 것이기도 하지만, 낯선 감각을 내 몸에 받아들이겠다는 의식적인 몸의 반응이기도 하다는 점에서 그의 진취성을 엿볼 수 있다. 그래서 그가 만난 노동의 현장이 '깨달음'으로 가득 채워지는 것은 너무나 당연하다. 흙을 섬기는 과정에서 흙의 가치와 노동의 가치를 자신의 몸에 새기는 과정은 단순히 익숙해진다는 의미를 넘어선다. 그것은 낯선 감각으로 인해 삶을 바꾸고 생각을 바꾸고 나와 연결된 이 우주를 바꾸는 것이다. 한 개인(나)이 아무짝에도 쓸모없다고 생각할 수 있으나, 나의 사소한 독백이 온 우주와 연결되어 있음을 의심할 사람은 이곳에 없다. 시인

은 이것을 농사일하면서 터득했다. 이 지점이 값진 이유
는 그가 서 있는 곳에서 자신의 호흡법으로 삶의 이치를
찾았다는 데 있다. 성실하고 굳건한 긍지가 아니고서는
이런 깨달음은 얻기 힘들다.

그렇다면 이와 같은 혼적의 깨달음을 조금 이야기해
보자. "십 년 넘게 밭 고르던/ 반질반질한 쇠갈퀴/ 목이
부러졌다"고 고백하면서 시작하는 작품에서는 새 자루
를 만들지 말지 고민하다가 부서진 곳을 보수해 다시 사
용했다고 적는다. 이 과정에서 시인은 짧아진 쇠갈퀴의
단점이나 장점을 이야기하는 것이 아니라, "허공으로 몸
세우던 날"을 부정하면서, 오히려 "흙을 향해/ 한 뼘 더
자랐"(「부러진 쇠갈퀴 자루를 다듬었다」)다고 뿌듯해한다. 여기
서 몸을 세우던 날은 욕망을 쟁취하려는 마음과 다르지
않다. 이는 정당한 욕망이 아닌 어긋나고 비뚤어진 욕망
이다. 그러나 이 욕망은 흙 곁에서 살면서 분쇄된다. "한
나절 흙 뒤집어/ 평평하게 만들고 보면/ 마음이 평평"(「평
두둑」)해진다는 발언도 비슷한 맥락에서 이해될 수 있다.
흙은 시인을 내려놓게 만든다. 흙은 그래서 시인에게 소
중할 뿐만 아니라, 선생님과 같은 역할을 한다. 시인을 건
강하게 한다. 시인을 자라게 한다. "나의 노동이/ 아침 밥
상 위 여린/ 홑나물 값은 되게"(「나물값은 되게」) 새싹 하나
하나 소중하게 여기도록 삶의 자세를 바로잡게 한다. "내

손으로 심고// 내 손으로 거둬// 내 손으로 버무려 낸// 밥 한 공기// 국 한 그릇// 나물 세 접시"(「밥상」)로 밥 먹는 것을 자랑하게 한다. 크든 작든 높든 낮든 어떤 형태이든 "땅에 사는 것들은// 스스로 선 것"(「스스로 선 것들은 푸르다」)이라며 이곳의 모든 것들은 높고 낮음이 없을 뿐만 아니라 자신만의 색으로 우뚝 선 존재라고 말한다. 그가 '해방글터'[12] 동인으로서 소외된 노동자들 편에서 목소리 높였던 것도 모두 이런 흙의 세계관과 긴밀하게 만나기 때문이다. 그는 농부로서 현재 최전선에서 있다.

---

12) 2001년 10월 해방글터 동인 첫 시집 「여는 글」에서는 다음과 같은 글귀가 적혀 있다. 이 글귀가 해방글터의 정체성이 담겨 있다고 볼 수 있다. "빛나는 시인의 왕관 같은 거, 이름 석 자 휘날리고자 하는 야욕 같은 건 없습니다. 잘나지도 못하고 빼어난 글솜씨도 없지만, 투쟁 속에 동지애로 빈 가슴을 채워가듯이 스스로 삶의 현장, 투쟁의 현장에서 우리의 문학은 몸으로 부딪치며 실천하는 것이 되자고 입술을 물던 노동자들이 모여 '해방글터'를 열었습니다. 우리를 동여맨 끈은 이 하나입니다. 영세사업장 하청 노동자, 일용직 노동자, 대기업 현장 활동가, 사무직 노동자까지, 부산, 울산, 대구, 부천, 서울 등, 뿔뿔이 흩어져 만나지도 못하면서 우리는, 우리의 글들이 현장 속에서 사는 글이 되고, 노동자들의 희망이 되고, 투쟁의 힘이 되고, 연대의 도구로 제자리를 찾는 그 역할을 했으면 하는 바람뿐입니다." 해방글터 동인, 「여는 글」, 『땅끝에서 부르는 해방노래』, 문예미학사, 2001, 5쪽.

4. 풀의 긍지

3부에서도 역시나 흙과 풀과 논의 신비에 대해 다룬
다. 시인 이규동이 흙을 섬기며 살아가고자 마음먹은 이
상, 흙의 세계가 그의 눈과 몸과 이와 혈액을 타고 흐를
수밖에 없다. 그런 눈으로 바라본 세상 역시 흙의 세계를
지향한다. 하지만 역시나 빠트릴 수 없는 것은 그만의 노
동의 표정이다. 그는 노동할 때 노동의 효율을 수치로 셈
하지 않는다. 노동의 가치로 돈을 얻는 것이 무용하다는
것이 아니라, 노동하면서 노동하는 행위 자체에 애정을
품고 있다고 말하는 것이 적절하겠다. 예를 들어 농사하
기 위해 밭을 삽으로 엎는 행위에 대해 노래한 작품이 있
다. 이 작품에서 시인은 "서리 내리고,/ 푸릇한 뿔 하나씩
세운 마늘을 심으려/ 밭을 엎는다". 시인은 열심히 흙을
향해 삽질한다. 오랜 시간 삽질로 인해 몸이 숙달된 것도
있겠지만, 운수 좋은 날인지 그날따라 삽날이 가볍고 거
침이 없다. 그러다 삽에 끌려 올라온 개구리 뒷다리 하나
보게 된다. 삽에 붉은색 묻는다. 시인은 그때 삽질을 멈
춘다. 흙에서 나고 자란 모든 것들을 사랑해야 한다고 말
했던 지날 날을 떠올리면서 나의 노동이 자신과 동일하
게 흙 곁에서 살아가는 존재들에게 해를 끼칠 수 있다고
판단한 것이다. 이때 그는 "한 삽 뜨는 일이/ 천근만근이

다”(「한 삽의 무게」)라고 말한다. 이 목소리에는 흙의 가치와 흙 곁에서 살아가는 생명의 가치를 시인이 존중한다는 의미가 담겨 있다.

비슷한 맥락에서 “웬만한 산꼭대기보다 높은/ 중황마을 꼭대기 논”(「손이 무섭다」)을 손질하는 노동의 모습도 위와 같다. “중황마을 꼭대기 논”은 기계가 올라갈 수 없다. 오로지 인간의 노동으로만 이 논을 경작하고 수확할 수 있다. 그래서 시인은 낫 한 자루 들고 꼭대기 논으로 향한다. 그곳에서 땀 뻘뻘 흘리며 누런 벼를 벤다. 시인은 그래서 농부로서 살아가는 노동자의 손이 ‘무섭다’고 표현한다. 아무래도 이 무서움은 말 그대로 두려운 것이라기보다는 인간의 ‘손’이 할 수 있는 값진 가치에 대해 말하려는 것이었을 테다. 그런데 이 작품은 여기서 끝나지 않는다. 흙과 풀이 있는 논에서 함께 사는 새의 처지에서는 인간의 수확으로 인해 먹을 것이 없어진 것이기 때문에 농부의 손이 야속한 것이다. 그러니 이 순간에도 자신의 노동이 늘 이로운 것만을 만들어내지 않는다는 것을 깨닫게 된다. 이런 성장과 깨달음은 자연스럽게 길고양이로부터, “내가 가져온 것들과/ 내가 돌려줄 것들을 생각했다”(「길고양이로부터」)라는 깨달음을 얻게 하고, 자신이 키우는 닭을 통해서는 “알을 낳지 않는/ 열두 살 오골계 백봉이/ 올해도 병아리 네 마리 깠다”는 말을 통해 “내 새끼만 소중한 인간들/ 백봉이에게 배워가면 좋겠다”(「백봉이」)는 깨달음을 얻게 한다. 마을에 사는 구순이 넘은 할머니의 귀밑에 돋아난 검은 머리카락을 보고선 “들이닥칠 서리 앞에 내민 이파리”(「푸른 가을」)와 같다며 삶과 죽음의 이치 속에 생의 감각을 강조한다. 이런 태도가 시인 이규동에게 가능한 것은 엄나무 순 얻어먹으려고, 트랙터 모는 법 배우려고, 이웃 동네 아이에게 전해주려고 “바꿔 먹고/ 나눠 먹고/ 같이 먹는”(「달걀 열 개」) 소중한 달걀의 가치를 잘 알고 있기 때문이다. 여기서 가치는 돈으로 환원되는 것이 아님은 당연하다. 이 가치는 인간과 동물을 떠나 시간과 땀방울과 흙과 자연이 하나로 이뤄진 삶 그 자체에 대한 존중이겠다. 이런 세계관에서는 밥 한 톨이 우주를 담는다.

냉이 꽃다지 별꽃

이른 봄 살다 비우면

개망초 뿌리내려

초여름 살고

오래 기다렸을 바랭이 달맞이

가을 앞에서 꽃망을 단다

먼저 산 풀

나중 산 풀 거름 되고

나중 산 풀

먼저 산 풀 거름 되는

흙에서

—「흙에서」 전문

　시집의 3부에서는 앞서 이야기한 지점과 더불어 눈여겨봐야 할 부분은 '풀'의 생명을 다루는 지점이다. 이 시는 순환을 다룬다. 서로서로 돕는다. 그 어느 것 하나 앞서지 않는다. 뒤에 몰래 서서 눈치 보지 않는다. 자신이 살아 있는 존재 이유를 모두 다 알고 있다고 자만하지 않는다. 먼저 걸어간 사람은 나중에 걸어갈 사람을 배려하고, 나중에 걷는 사람은 앞사람을 기억하며 뒷사람을 챙

긴다. 시인이 이 시에서 삶과 죽음을 '산다'와 '죽는다'라
고 표현하지 않고, '비운다', '내린다', '단다'라고 한 것은
식물의 움직임을 인간의 언어로 표현한 것이기도 하지
만, 삶과 죽음이 순환하는 과정을 운명으로 인식하겠다
는 말이기도 하다. 이런 자세로 시인은 삶을 살고 세상을
본다. 어쩌면 시인에게 흙을 뚫고 거침없이 자라나는 풀
은 삶의 지침서이지 교과서이자 하나의 성경일 수 있다
는 생각도 든다. 그에게 풀은 "뜯기고/ 베이고/ 뽑혀도"
쓰러지지 않는 "언제나/ 들 가득한"(「풀」) 믿음직한 존재
이며, 지독한 제초제에도 아랑곳하지 않고 "어느 날,/ 단
비 내린 아침// 거침없이 초록을"(「저항」) 내미는 우직한
존재이다. "깻묵 오줌 뿌려가며"(「착각」) 키운 배추는 지린
내 나는 냄새를 향기로 바꿔버리는 신비한 존재로 묘사
된다. 이규동의 풀이 수동적인 존재로 서 있기보다는 함
부로 베지 말라고 당당하게 인간에게 말하듯이, 그의 풀
은 "비릿한 쇠맛이 나야 피 냄새인 줄 아냐/ 니가 자른 건
/ 내 생인 것"(「풀의 외침」)이라고 말하는 당돌한 대상이기
도 하다. 그에게 풀은 사소하거나 하찮은 존재가 아니다.
사소하거나 하찮을 수 있지만, 인간과 대등한 위치에서,
아니 인간보다 우월한 위치에서 삶과 죽음을 논한다.

5. 당당히 일어서기

이제 숨을 고른다. 이규동의 시집을 읽는 행위는 흙의
가치와 생명을 다시 재정비하는 것과 무관하지 않다. 그
의 언어는 흙의 언어 이상도 이하도 아니다. 흙으로 세상
을 보고 흙으로 인간을 그린다. 그가 노래하는 연대시도
이 세계를 크게 벗어나지 않는다. 지금 이 글을 쓰는 순간
에도 세종호텔 노동자 고진수[13]는 고공농성을 벌이고 있
다. 2021년 코로나19로 인한 경영난의 이유로 해고당했
던 그는 현재 세종호텔 도로 앞 10m 구조물에서 내려오
지 않는다. 그런 그를 보며 시인은 무엇을 할 수 있을까.
농사일하는 시인이 할 수 있는 것은 무엇이 있을까. 이 질
문에 시인이 선택한 것은 자신의 시를 낭송함으로써 아
주 작고 사소한 마음을 망루에 올라간 고진수에게 전달

13) 이 시집 해설은 2026년 1월 5일에 초고가 완성되었다. 2026년 1월 13
일 현재 고진수는 여전히 투쟁 중이지만, 1월 14일 13시 336일 만에
고공농성을 해제한다. 2026년 1월 12일 민주노총 서비스연맹 관광레
저산업노조 세종호텔지부에서 낸 입장 일부를 인용하면 다음과 같다.
"고진수 지부장이 1월 14일(수) 13시, 336일 만에 고공농성을 해제하
고 땅으로 내려와 15시에 예정된 7차 교섭에 직접 참여합니다. 고공
농성은 해제하지만 투쟁은 계속될 것입니다. 복직 없이 절대로 끝나
지 않습니다. 그동안 함께 해주신 동지들께 감사드리며 앞으로도 해
고자들의 복직 투쟁에 함께 해주실 것을 믿고 저희도 끝까지 싸워나
가겠습니다."

하는 것이다. 이런 눈에 띄지 않은 사소한 힘들이 모여 세상을 바꿀 수 있다고 믿는 것일 테다. 누군가 우연히 그의 시를 읽고 다시 한번 주먹 움켜쥐는 것일 테다. 물론, 이 방식이 매번 화학 반응을 일으키는 것은 아니다. 그러나 그가 쓴 언어로 어느 한 독자의 마음을 흔들어 놓았다면 그것으로 이 시는 자신의 역할을 다한 것이나 다름없다.

운 좋게도 시인 이규동이 세종호텔 앞에서 노동자 고진수에게 보내는 연대시를 낭송하는 것을 지켜볼 수 있었다. 그때 그의 시를 듣고 울림을 느끼지 못했다. 과격하지도 않았으며, 우울하지도 않았으며, 당차지도, 단호하지도 않았다. 그러나 그의 시집 속 시들을 읽어나가는 과정에서 시「편지—세종호텔지회 고진수 동지께」를 뒤늦게서야 온전히 몸으로 느낄 수 있었다. 그가 연대시에서 왜 '흙'을 이야기하는지, 뻐꾸기와 꾀꼬리를 이야기하는지, 개구리 소리와 소쩍새 소리를 이야기하는지 "디딜 곳 없는 바위에 뿌리내린 소나무가/ 기어코 바위를 가르는 걸 보았다"(「편지—세종호텔지회 고진수 동지께」)고 했을 때, 그것이 정말로 그가 두 눈으로 본 것이라는 것을 알게 되었다. 그러니까 이규동이 흙의 언어로 연대시를 쓴다고 했을 때, 그 시는 자신의 호흡에서 발생한 행동임을 이야기하는 것이다. 도시에 사는 내가 처음에 그의 시를 탐탁지 않게 여긴 것은 흙의 언어와 세계관으로 무장된 그의 세계를 멀리서 훔쳐만 봐서 자세히 보지 못했기 때문이다. 가까이서 만지고, 느끼고, 마시고, 누워도 보고, 오랜 시간 곁에 두며 살아보지 못했던 탓에, 시인의 구체성을 몸으로 각인하지 못했다. 그래서 그 당시 내가 느낀 감정은 오해이자 오독이었음을 고백하는 바이다.

그리고 이 고백은 흙의 세계에서 흙의 신비와 존중을 바탕으로 무장한 사람에게는 너무나 당연하지만, 흙을 섬긴 적도, 흙의 가치를 오랜 시간 진지하게 생각해 본 적 없는 독자들은 그의 시를 온전히 느끼기는 쉽지 않을 것이라는 말이다. 시의 언어로 알 수는 있겠지만, 그것을 안다고 볼 수 없다. 그러니 이규동의 언어를 함부로 재단해서는 안 된다. 그의 언어가 충분히 소통할 수 있고, 누구나 평이하게 읽을 수 있을 뿐만 아니라, 낯선 언어 감각이 없다고 볼 수 있겠으나, 새로움은 낯선 언어 감각'만'으로 이뤄지는 것은 아닐 것이다. 이규동이 몸으로 보여주었던 것처럼, 흙 속에 살아내는 것도 아무나 할 수 있는 것이 아니라는 점에서, 그의 언어는 독특한 새로움을 보유하고 있음을 부정할 수 없다.

5부에서는 죽음을 응시하며 살아가는 화자와 아내의 애틋한 사연이 눈에 밟히고, 아버지와 어머니의 사연 역시도 확인할 수 있다. 기계문명에 기죽지 않는 기세와 땅 파먹는 재주밖에 없는 농부들의 떠돌이 삶 역시 눈에 들어온다. 그중에서 가장 인상 깊었던 작품은 역시나, 흙의 사유를 통해 주체적으로 일어서보고자 하는 시인의 '의 지'라고 볼 수 있다.

누구를 위해 사는 삶 없고

누구를 위해 피는 꽃 없었으니

겨울을 살아야 하는 광대나물이

봄을 기다릴 필요는 없다

갈빛 생의 흔적만 무성한 밭

하얀 서리 품고

자줏빛 생의 결정을 찍는

겨울은

광대나물의 것이다

—「겨울꽃」 전문

　아무래도 이 시에서 빛나는 문구는 꽃이든 인간이든 "누구를 위해 사는 삶"이 없다는 것과 "누구를 위해 피는 꽃"이 없다는 것이다. 이 말은 자신의 속도와 리듬으로 눈치 보지 않고 걸어가라는 의미로 읽힌다. 한겨울에 광대나물이 자줏빛을 띠며 자신의 방식으로 살아가는 것을 보고 시인은 여러 가지 생각을 했다. 나답게 산다는 것이 무엇인지, 나만의 호흡으로 걷는다는 것이 무엇인지 오랜 시간 깊이 고민했을 것이다. 그 고민 끝에 내린 결론은 봄을 기다릴 필요'가' 없다이다. 이것은 선언에 가깝다. 봄을 기다려야 한다는 통념을 뒤엎는다. 봄을 기다릴 필요'가' 없다가 아니라 기다릴 필요'는' 없다고 말하는 과정에서 광대나물을 보고 자신의 길을 걸어간다는 것이 무엇인지 확신하고 있다. 이 확신과 믿음이 그를 흙의 세계로 인도했을 것이고, 이 확신이 그만의 세계인 흙의 세계로 세상을 쳐다보는 하나의 방식이 될 수 있었을 것이다. 아마도 이규동 시인의 시집은 이런 믿음 속에서 재생된 '잘 빚어진 흙의 언어'일 것이다. 직접 흙 곁에서 내면과 외면을 채우고 살았던 시인의 언어는 그래서 다른 시인들과 뚜렷한 차이가 있다. 그는 자신의 속도로 흙의 장르가 되어가고 있다. 아니, 이미 흙의 장르가 되었다.

스스로 선 것들은 푸르다

초판 1쇄 발행 | 2026년 3월 16일
초판 2쇄 발행 | 2026년 4월 8일

지은이 | 이규동
펴낸이 | 황규관

펴낸곳 | (주)삶창
출판등록 | 2010년 11월 30일 제2010-000168호
주소 | 08294 서울시 구로구 공원로7길 41-22, 202호
전화 | 02-848-3097
팩스 | 02-866-2723

ⓒ이규동, 2026
ISBN 978-89-6655-199-6 03810

삶창시선
——————